Christian Morgenstern

Ich und die Welt.

Gedichte

Christian Morgenstern

Ich und die Welt.

Gedichte

ISBN/EAN: 9783743326217

Hergestellt in Europa, USA, Kanada, Australien, Japan

Cover: Foto ©Andreas Hilbeck / pixelio.de

Manufactured and distributed by brebook publishing software (www.brebook.com)

Christian Morgenstern

Ich und die Welt.

Ich und die Welt.

Gedichte

von

Christian Morgenstern.

Berlin.
Verlag von Schuster & Loeffler.
1898.

Diese Sammlung ist, der Entstehungszeit ihrer Gedichte nach betrachtet, die umfassendste, die ich bisher veröffentlicht habe. Sie reicht bis vor die Entstehung meines Erstlings „In Phantas Schloß" — also bis in den Sommer 1894 — zurück und schließt mit dem Frühjahr 1898 ab. Sie bildet demnach eine Ergänzung zu meinem ersten und noch mehr zu meinem zweiten Buche „Auf vielen Wegen", dessen Inhalt hauptsächlich in den Jahren 96 und 97 entstanden ist. Ihre Gedichte sind im wesentlichen chronologisch geordnet. Mit „Ein Wunsch" gehen sie ins Jahr 95 über, mit den „Stimmungen vor Werken Michelangelos" ins Jahr 96, mit „Präludium" ins Jahr 97 und mit „Mensch Enkel" ins Jahr 98.

Berlin, Frühjahr 1898.

Chr. M.

Wie ward ich oft gebrochen, brach mich selbst,
und dennoch leb ich, unverwüstlich stark;
was alles liegt in mir geknickt, verdorrt,
doch unaufhaltsam wächst es drüber hin.

Jünglings Absage.

Oh liebt mich nicht, ihr Guten und Gerechten,
oh laßt mich nicht so herb und qualvoll leiden,
von eurem Wege muß mein Weg sich scheiden,
und gegen euch, nicht mit euch, muß ich fechten.

Umsonst, daß wir um Ziel und Pfade rechten,
umsonst, daß sorglich wir die Kluft verkleiden,
den Einsamen, der nicht mit euch mag weiden,
ihr bannt ihn doch zuletzt, als einen Schlechten.

Dürft ich euch lieben!... Doch wenn eure Hände
Erhabenstes mit rohem Griff mißhandeln,
und wenn ihr tobt in eures Sinns Umnachtung,

dann wünscht ich mir die Faust voll Feuerbrände,
dann möcht ich, Gorgo gleich, zu Stein euch wandeln —
durch einen Blick unsäglicher Verachtung.

*

Caritas, caritatum caritas.

An seinem Grabe rief des Priesters Mund:
„Ob unbewußt, er war doch Kirchenchrist!
O glaubt es, des Allmächtigen Bildnis ist
verschwunden nie aus seiner Seele Grund!"

Wohl mancher biß sich da die Lippe wund,
ersah er, wie voll heuchlerischer List
der Moloch Kirche noch die Toten frißt
in seinen gierigen, eifersüchtigen Schlund.

Und ob ein Held auch alle Kerker brach,
die je ihn diesem Ungetüm versklavt,
im Tode schleicht ihm seine „Liebe" nach

und spricht: „Die andern ruhn in meinem Bauch,
wie sollt ich Dich als frei und ungestraft
verschonen?! Sei getrost, ich freß' dich auch."

*

O — raison d'esclave.

„Krücken, Krücken! gebt uns Krücken!
Ach, wie geht die Menschheit lahm,
seit man, neu sie zu beglücken,
ihr die alten Stützen nahm.

Brillen, Brillen! gebt uns Brillen!
grün und blau und gelb und rot!
Volles Licht ist für Pupillen
unsrer Art der sichre Tod.

Lügen, Lügen! gebt uns Lügen!
Ach, die Wahrheit ist so roh!
Wahrheit macht uns kein Vergnügen,
Lügen machen fett und froh!

Gängelbänder, Schaukelpferde,
Himmel, Hölle und Moral —
und dich selbst gieb deiner Herde
neu zurück, oh großer Baal!"

Gebt mir ein Roß...

Gebt mir ein Roß, und laßt mich reiten
aus diesem Meer von Staub und Stein,
in Wäldernacht, in Steppenweiten
laßt einsam mich und selig sein!
   Hurrah! hussah! Der Rappe fliegt...
   Die schwarzen Mauern fliehn zurück...
   Vor mir in stiller Ferne liegt
   der Freiheit unaussprechlich Glück...

Vorüber tausend glatten Städten,
bis mich ein freies Land empfängt,
wo nicht Kultur mit Sklavenketten
die kühne Mannesfaust behängt!
   Hurrah! hussah! Zigeunerkind!
   Herauf zu mir! mein Arm hält fest!
   Hin, wo die Berge pfadlos sind!
   Ein Horst sei unser Hochzeitsnest!...

Und spürt uns die verruchte Sippe
im hohen Felsenbrautbett auf — —
tobwilde Jagd zur nächsten Klippe!
Die letzte Kugel aus dem Lauf!
   Hurrah! hussah! Die Tiefe droht...
   Umschling mich, Weib! Hörst du sie schrein?..
   Viel lieber hier im Abgrund tot
   als dort im Staub lebendig sein!...

*

Frühling.

Wie ein Geliebter seines Mädchens Kopf,
den süßen Kopf mit seiner Welt von Glück,
in seine beiden armen Hände nimmt,
so faß ich deinen Frühlingskopf, Natur,
dein überschwänglich holdes Maienhaupt,
in meine armen, schlichten Menschenhände,
und, tief erregt, versink ich stumm in dich,
indes du lächelnd mir ins Auge schaust,
und stammle leis dir das Bekenntnis zu:
Vor so viel Schönheit schweigt mein tiefstes Lied.

*

Das Königskind.

Ich ging an träumenden Teichen
vorüber in mondiger Nacht;
in den flüsternden Kronen der Eichen
spielten die Winde so sacht...
Da umspann mich der Zauber der Stunde,
daß ich hemmte den einsamen Gang —
   nur die Nixen sangen im Grunde,
   tief im Grunde,
   ihren leisen, dunklen Gesang.

Ihr Antlitz tauchten die Sterne
ins schauernde Wellenmeer,
aus duftverschleierter Ferne
grüßten die Berge her.
Kein Laut in schweigender Runde —
keines Vögleins verspäteter Klang —
   nur die Nixen sangen im Grunde,
   tief im Grunde,
   ihren leisen, dunklen Gesang.

Da war mir, es käme gezogen
ein Nachen im leichten Wind
und trüge über die Wogen
ein strahlendes Königskind...
Und ich rief mit bittendem Munde —
doch keine Antwort klang —
   nur die Nixen sangen im Grunde,
   tief im Grunde,
   ihren leisen, dunklen Gesang.

*

Leise Lieder ...

Leise Lieder sing ich dir bei Nacht,
Lieder, die kein sterblich Ohr vernimmt,
noch ein Stern, der etwa spähend wacht,
noch der Mond, der still im Äther schwimmt;

denen niemand als das eigne Herz,
das sie träumt, in tiefer Wehmut lauscht,
und an denen niemand als der Schmerz,
der sie zeugt, sich kummervoll berauscht.

Leise Lieder sing ich dir bei Nacht,
dir, in deren Aug mein Sinn versank,
und aus dessen tiefem, dunklen Schacht
meine Seele ewige Sehnsucht trank.

*

Frohsinn und Jubel ...

Frohsinn und Jubel überall —
in meinem Herzen kein Widerhall.
Ein bittres Zucken im harten Gesicht...
Verzicht! Verzicht!

Daß mir kein Weib in die Augen schau, —
es könnte zu tief erschrecken.
Ich kenne auf Erden nur e i n e Frau —
die mag mich nicht — die mag mich nicht —.
Verzicht. Verzicht.

*

Was rufst du...

Was rufst du, traurig Herz! sei still!
Es kann nicht sein —
ergieb dich drein.
Es kann nicht alles also sein,
wie deine Sehnsucht will.

Nimm Abschied, Herz, von deinem Traum,
er war zu schön.
Von lichten Höhn
wieder hinab
ins einsame Grab!
Schau, dort fliegt's,
was du geträumt...
Die Welle wiegt's
hinab zu Thal... —
Zerschäumt, zerschäumt!
Es war einmal...
O Dunst und Schaum!
Nimm Abschied, Herz, von deinem Traum,
er war zu schön.

Weine, mein Herz, soviel du magst,
klag und wein!
Es wird dein letztes Weinen sein
auf lang.
Ich weiß, daß du nicht fürder klagst,
wenn dieser Schmerz sich niederzwang.
Dann wirst du hart
und schweigst erstarrt...
Weine, mein Herz! klag und wein!
Es wird dein letztes Weinen sein
auf lang.

*

Nun haſt auch du...

Nun haſt auch du, mein Herze,
dein großes Liebesleid,
nun biſt auch du vom Schmerze
geſegnet und geweiht.

Von heut ab wird dein Klagen
nicht tändeln mehr wie einſt,
und auch dein ſchönſtes Sagen
wird ſein, als ob du weinſt.

*

Winternacht.

Flockendichte Winternacht...
Heimkehr von der Schänke...
Stilles Einsamwandern macht,
daß ich deiner denke.

Schau dich fern im dunklen Raum
ruhn in bleichen Linnen...
Leb ich wohl in deinem Traum
ganz geheim tiefsinnen?...

Stilles Einsamwandern macht,
daß ich nach dir leibe...
Eine weiße Flockennacht
flüstert um uns beide....

*

Ein Wunsch.

Weißt, was ich möchte, Mädchen?
Ich wollt, ich wär ein Maurer
und stürzte vom Gerüst,
und kurze Frist nur gäbe
man meinem Leben noch...
Sie trügen in dein Haus mich,
du pflegtest mich voll Mitleid,
voll frauenhafter Güte,
voll leiser Traurigkeit...
Und deine Hände lägen
auf meiner Fieberstirn,
und unter deinen Händen
schliefe mein Herzblut ein.

*

Als ich einen Lampenschirm mit künstlichen Rosen zum Geschenk erhielt.

O laß mich diese stummen Rosen küssen,
die auf durchhelltem Grund sich dunkel ranken —
sie werden oft in freundlichen Gedanken,
doch öfter noch mich traurig sehen müssen.

O laß mich diese stummen Rosen küssen,
und also jede Mitternacht dir danken,
daß du bewahrt mein Auge, zu erkranken,
und meine Stirn, in Fieber stehn zu müssen.

O laß mich diese stummen Rosen küssen —
sie bluten mir von Zeiten, die versanken,
von düstrer Qual, von sonnigen Genüssen...

von jungen Blicken, die sich suchend tranken,
von eitler Sehnsucht stammelnden Ergüssen,
von kurzer Träume klagendem Verschwanken.

*

Entwickelungs-Schmerzen.

Ich werde an mir selbst zu Grunde gehn.
Ich, das sind zwei, ein Möchte sein und Bin, —
und jenes wird zum Schlusse dies erwürgen.
Das Möchte sein ist wie ein rasend Roß,
an dessen Schweif das Bin gefesselt ward,
ist wie ein Rad, darauf das Bin geflochten,
ist wie ein Mönch, der sich den Leib zerdornt,
wie eine Furie, deren Finger sich
in ihres Opfers Haar verstricken, wie
ein Vampyr, der am Herzen sitzt und saugt
und saugt . . .
Wohl wie ein Gott auch, der emporziehn will,
oder ein Weib, aus dessen Augen es
dem Wanderer entgegenlockt, und das
der atemlose Narr doch nie erreicht.
So sieht mein Ich von innen aus, von außen
ein Haus wie andre, hell die Fenster manchmal,
doch öfter dunkel. Stoß die Thür auf! schau
die schöne Eh' von Bin und Möchte sein!
Schaut nur hinein und ruft bedauernd ach!
und weh! und, wenns euch leichter macht, auch pfui!
Bin ich nicht Dichter? Hab ich nicht das Vorrecht —
oh welch ein Vorrecht! — jedem frechen Auge
die Räume meiner Häuslichkeit zu zeigen?
Hört doch mein Pathos, das euch jeden Winkel
beschreibt und thut, als hätt es just zum Zweck,
ihn euch als Sehenswürdigkeit zu preisen.
Ists Eitelkeit, die mich zum Cicerone
der eignen Seele macht? ists Geiz nach Ehre?
Mangel an Scham, an Stolz, an Wert, an Tiefe?
Das alles ists wohl auch, doch ists noch mehr.
So etwas noch wie Rachsucht, Grausamkeit,

Blutgierde, Haß, Verachtung wider mich selbst,
so etwas, das nicht hat, was es erlechzt,
ein Durst nach Macht, der, ungestillt, verzehrt,
das Wär' ich! vor der kalten Sphinx Ich bin.
Ja, darum führ ich euch herum in mir,
weil ich mir selbst damit das Herz zerreiße,
mich selbst erniedre und zum Schwätzer mache;
es thut so wohl, wenn man den stumpfen Schmerz
laut bluten läßt aus aufgerissnen Wunden.
Und dann: Ihr seht ja nur das Blut und nicht
das Herz, daraus es stammt! Es lacht vielleicht,
wenn ihr des Blutes Färbung düster findet,
und weint gewiß, indes ihr wähnt, es lacht.
Wohl lud ich oft euch in mein Haus, — allein
die Dielen haben Doppelböden, Spiegel,
dreht man sie um, sind Thüren insgeheim,
und im Getäfel schlafen weite Truhen.
Ihr wißt gar nichts. Und ob ich mich verlöre
in einen Strom von Worten! Werft euch lüstern
in diesen Strom! Da fließt er. Er gehört euch. —
Ich werde an mir selbst zu Grunde gehn.

*

Schicksals-Spruch.

Unhemmbar rinnt und reißt der Strom der Zeit,
in dem wir gleich verstreuten Blumen schwimmen,
unhemmbar braust und fegt der Sturm der Zeit,
wir riefen kaum, verweht sind unsre Stimmen.
Ein kurzer Augenaufschlag ist der Mensch,
den ewige Kraft auf ihre Werke thut,
ein Blinzeln — der Geschlechter lange Reihn,
ein Blick — des Erdballs Werdnis und Verglut.

*

Frage ohne Antwort.

Was bist du, Unbegriffnes,
Mensch genannt, —
Antlitz in Antlitz
eingewendet Janushaupt, —
Urwerden
Aug in Aug mit Wissenheit, —
Urzwiegesicht
und doch ureine Form — —?

*

Wohin?

Wohin noch
wirst du mich reißen,
ruhlose Sehnsucht —
wohin? wohin?
Hinter mir
dunkles Vergessen gebreitet;
vor mir der Zukunft
dunklerer Pfad...
Aber noch hallt
meiner Hoffnungen Hufschlag
vor den rollenden Rädern,
auf denen
hochaufgerichtet ich noch,
allen Gefahren
heiter trotzend,
die Ferne suche.
Schatten und Lichter —
vorüber — vorüber —
in den Tiefen
klirrende Ketten —
nicht an mir —
nicht für mich —
mich laßt hinweg,
höher hinauf!
Freiheit! Leben!
Zukunft! Sterne!
Empor!
Noch
halten die Götter
goldene Schilde
schützend
über mein junges Haupt.

*

Inmitten der großen Stadt.

Sieh, nun ist Nacht!
Der Großstadt lautes Reich
durchwandert ungehört
der dunkle Fluß.
Sein stilles Antlitz
weiß um tausend Sterne.

Und deine Seele, Menschenkind?...

Bist du nicht Spiel und Spiegel
irrer Funken,
die gestern wurden,
morgen zu vergehn, —
verlorst
in deiner kleinen Lust und Pein
du nicht das Firmament,
darin du wohnst, —
hast du dich selber nicht
vergessen,
Mensch,
und weiß dein Antlitz noch
um Ewigkeit?

*

Am Meer.

Wie ist dir nun,
meine Seele?
Von allen Märkten
des Lebens fern,
darfst du nun ganz
dein selbst genießen.

Keine Frage
von Menschenlippen
fordert Antwort.
Keine Rede
noch Gegenrede
macht dich gemein.
Nur mit Himmel und Erde
hältst du
einsame Zwiesprach.
Und am liebsten
befreist du
dein stilles Glück,
dein stilles Weh
in wortlosen Liedern.

Wie ist dir nun,
meine Seele?
Von allen Märkten
des Lebens fern
darfst du nun ganz
dein selbst genießen.

*

Vaterländische Ode.

Weh dir,
der du ein Deutscher bist!
Deine glühende Seele
mußt du in Einsamkeit flüchten;
denn im Qualm und Geschrei deiner Märkte
achtet niemand dein —
und wie ein Narr
stehst du, feierlich dich gebärdend,
schwere, langsame Worte rollend,
unter der wirren, kreischenden Menge.

Rolltest du blanke Thaler
in ihre Gassen,
heiß umpestete dich
ihr geiler Atem —
aber verhüllten Hauptes,
Mensch der Würde,
wendest du dich...
Hier ist unheiliger Boden.

Weh dir,
der du ein Menschenfreund —
doppelt weh dir,
der du es Deutschen bist!
Aus der Inbrunst deiner Liebe
mußt du dich
immer wieder
in brennender Scham
an die Kniee der Einsamkeit
flüchten!

Der einsame Christus.

Wachet und betet mit mir!
Meine Seele ist traurig
bis an den Tod.
Wachet und betet!
mit mir!
Eure Augen
sind voll Schlafes, —
könnt ihr nicht wachen?
Ich gehe,
euch mein Letztes zu geben —
und ihr schlaft ...
Einsam stehe ich
unter Schlafenden,
einsam vollbring ich
das Werk meiner schwersten Stunde.
Wachet und betet mit mir!
Könnt ihr nicht wachen?
Ihr alle seid in mir,
aber in wem bin ich?
Was wißt ihr
von meiner Liebe,
was wißt ihr
vom Schmerz meiner Seele!
O einsam!
einsam!
Ich sterbe für euch —
und ihr schlaft!
Ihr schlaft!

*

Der Blick.

Mir gegenüber,
dicht unterm Dach,
sitzt ein Weib
am gebuckten Fenster
und näht.

Früh
in das steigende Licht,
spät
in die fallende Nacht.

Manchmal
blickt es vom Schoße auf
und verloren hinaus
auf die Dächer —
die Wolken —
die Ewigkeit.

Ich kann
sein Auge nicht sehn,
aber ich f ü h l e den Blick —
ich blicke ihn mit,
den zehrenden Blick
auf die Dächer —
die Wolken —
die Ewigkeit . . .

*

Der Wissende.

Wer einmal frei
vom großen Wahn
ins leere Aug
der Sphinx geblickt,
vergißt den Ernst
des Irdischen
aus Übererust
und lächelt nur.

Ein Spiel bedünkt
ihn nun die Welt,
ein Spiel er selbst
und all sein Thun.
Wohl läßt ers nicht
und spielt es fort
und treibt es zart
und klug und kühn —
doch lüftet ihr
die Maske ihm:
er blickt euch an
und lächelt nur.

Wer einmal frei
vom großen Wahn
ins leere Aug
der Sphinx geblickt,
verachtet stumm
der Erde Weh,
der Erde Lust,
und lächelt nur.

*

Das Auge Gottes.

Einst träumte mir das Auge Gottes,
und Grausen überfiel mich.
Entschürzt, entzaubert lag die Welt vor ihm,
entwirrt, entblößt, bis in den letzten Winkel
entheimlicht, nüchtern, reiz- und rätsellos.
Nichts log ihm mehr.
Der ahnungsvolle Rauch,
den wir in Qual und Wonne Leben nennen,
zerflatterte vor ihm, ward kalte Klarheit,
Durchsichtigkeit, notwendige Verknüpfung.
Die Blitz' und Donner der Gefühl' und Triebe,
des Unbewußten herrlich jäher Sturm —
Verhältnisse von Zahlen.
Und mich fror.
Grauenvolle Ahnung grenzenloser Öde
befiel mich.
Und ich wünschte mir den Tod.

*

Stimmungen vor Werken Michelangelos.

Der Abend.
(Grabmal des Lorenzo v. M.)

Sah ich dich nicht schon einmal,
lichtloser Sinnierer?...
Sah ich dich nicht schon
viel vielemal?...
Wenn ich des Tages Straße
hinabgegangen
und im Dämmer,
trauriger Träume schwer,
saß und hinaussann
in Blut und Schatten
und in die brechenden Blicke
erstarrenden Lebens...
Lagst du da nicht
am Wegrand,
den Rücken
am letzten Meilenstein,
schwer-lässig den Leib
ellbogengestützt,
aus übererusten, verschatteten Augen
über des Irdischen Wandel
brütend?...
Warf ich mich da nicht
vor dich hin
und vergrub mich
in deine Augen
und ward mit dir eins
und brütete selber
aus ihren Höhlen
hinaus in die Landschaft?...
Und dann sah ich

noch einmal im Geist
die langen Menschenzüge des Tags
des Weges wallen,
wie sie dem Goldthor des Morgens
fröhlich entsprangen,
Blumen im Haar
und sorglosen Lachens voll;
wie der und jener
zu Staube dann glitt
und immer mehr
sanken, stürzten —
bis endlich der heiße Mittag
müdrastender Völker
schläfrige Lager fand.
Dann wieder Aufbruch,
klingendes Spiel,
neue Siege der Kraft,
neue Opfer.
Wohin zogen sie aus,
die Morgenscharen?
Wo winkt ihr Ziel?
Wohin leuchten
aufblitzende Sterne?
Dort liegt es —:
Ein dunkles Thor,
drin alle verschwinden,
langsam,
auf ewig.

— — —

Laß mich!

Aus deinen kalten,
unsterblichen Augen
kann ich nicht länger schaun;
denn unendliches Weinen
drängt mir empor, —
und es sinken erbarmungsvoll
Thränen der Schwermut
wie Schleier
zwischen den Sterblichen
und das Bild
seines grausamen Schicksals.

*

Ein Sklave.
(Louvre.)

Du bist der Schmerz,
der fremde Augen meidet,
der, übertief,
die eignen Augen schließt,
du bist der Schmerz,
der ohne Thränen leidet,
weil sich ihr Strom
nach innen stumm ergießt.
Ein ratlos Fliehn
todwilder Wehgedanken
tobt hinter deiner Lider
schlaffem Fall...
Sie brechen aus...
Zurück in ihre Schranken
peitscht sie Vernunft
mit spitzem Geißelknall.
Nun stehn sie eng,
wie angstgedrängte Pferde,
tiefköpfig, zitternd,
blutig, schaumbedeckt...
und stürzen endlich
wie vom Blitz zur Erde,
von einem letzten Schlag
zu Tod erschreckt.
Und, der sie hegt, dein Leib,
er will mit ihnen
zu Boden stürzen —
Ah!... Aufbrennt das Mal
umschnürter Brust...
Du stöhnst... Mit starren Mienen
erträgst du weiter
deines Loses Qual.

* *

Frühlingsregen.

Regne, regne, Frühlingsregen,
weine durch die stille Nacht!
Schlummer liegt auf allen Wegen,
nur dein treuer Dichter wacht...

lauscht dem leisen, warmen Rinnen
aus dem dunklen Himmelsdom,
und es löst in ihm tiefinnen
selber sich ein heißer Strom,

läßt sich halten nicht und hegen,
quillt heraus in sanfter Macht...
Ahndevoll auf stillen Wegen
geht der Frühling durch die Nacht.

*

Abend am See.

Auf die düstern Kiefernhügel
legt sich kupfern letzte Sonne...
Sanft wie über weichen Sammet
schmeicheln Winde drüber hin...

Eine kurze Spanne weilt sie
goldbraun auf den stillen Wäldern,
bis ihr milder, süßer Schimmer
plötzlich, wie ein Lächeln, stirbt.

*

So möcht ich sterben ...

So möcht ich sterben, wie ich jetzt mein Boot
aus sonnenbunten Fluten heimwärts treibe.

Noch glüht die Luft, noch liegt ein gütig Gold
auf mir und allem um mich her gebreitet.

Bereit und heiter thu ich Schlag auf Schlag
dem Schattensaum der stillen Ufer zu ...

So möcht ich sterben, Sonnengold im Haar!
Der Kiel knirscht auf — und mich umarmt die Nacht.

*

Schicksale der Liebe.

I.

Ich stand, ein Berg,
still und einsam.
Da kamst du
und zerschmolzest
das Erz meiner Adern!

Nun bricht es vulkanisch heraus,
ein Schrecken dem Wandrer,
ein Schrecken mir selber.
Verdorrt steht
mein blühender Schmuck,
stumm
meiner Quellen Gespräch,
und langsam
verrinnt
mein Blut
um dich . . .

*

II.

Wir sind zwei Rosen,
darüber der Sturm fuhr
und sie abriß.

Gemeinsam
wirbeln sie nun
den Weg entlang,
und ihre Blätter
wehn durcheinander.

Heimatlose,
tanzen und fliehn sie,
nur für einander
duftend und leuchtend,
den Weg der Liebe —:

Bis sie am Abend
der große Feger
lächelnd
auf seine Schaufel nimmt.

*

Casta regina!

Wie oft zerriß ich
der Leidenschaft
schwüles Rosengerank
um Deinetwillen,
reines Weib,
und sang Dir, zartesten Glückes voll,
Anbetung und Liebe!

Dich,
die, keusch in innerster Brust,
ihrem Herren sich wahrt,
grüßt, Ehre bietend, mein Herz
und fleht aus der Sonne der Zukunft
den goldensten Strahl
Deiner Stirn.

Süß ist das Spiel der Liebe,
und die Rosen der Wollust duften heiß —
purpurne Lieder blühn ihr
aus meiner Harfe —
doch mit dem würdigsten Kranze
krön ich
die weiße Stirne der Keuschheit.

Trunkne Mänade
die du in fallenden Schleiern
vor glühenden Jünglingen
schrankenlos rasest —
lodernder Urgewalt
bist du ein göttlich Bild.

Aber vor Dir,
die, göttlicher noch,
der Mutter in sich
die Jungfrau opfert,
knie ich in Ehrfurcht,
und große Söhne
segnen mit mir
Dein heiliges Haupt.

*

Prometheus.

Dein Leben setz an dein Werk!
Deine Liebe zerbrich!
Auf einsame Berge
flüchte verfehmt empor!
Fittichfinster
fällt auf dich
der Geier Wahnsinn...
Zuckend läßt du
dich zerfleischen...
Über ihn fort
mit sterbenden Blicken
bohrst du dich noch
in ewige Nächte...
Dunkel,
dampfend,
tropft es
den Abgrund hinab...
Wer
achtet
Dein?
Wer
hebt unten
demantene Schalen?...
Aber zwei Wanderer
hör ich
über dich reden —:
„Ein kranker Geist!"
„Ein krankes Werk!"...
Siehe, Prometheus,
das ist dein Dank!

*

Hymnus des Hasses.

Heil dir,
der du haffen kannst,
dem im reichen Mark
tötende Flamme schläft,
den es lüsten kann,
als ein großer Blitz
ins feige Antlitz der Welt
zu verglühn,
grabend dein stolzes Mal
in der Menschheit Stirn!

Heil dir,
dem erhabenen Zorns
schmerzendes Feu'r
enge Adern zerreißt,
daß, den Überstrom deines Bluts
in gewölbten Händen, du
um dich spähst,
daß Todestaufe
deine Feinde
von dir empfingen!

Heil dir,
der du den trägen Trotz
stumpfer Geschlechter irrst,
dessen strafender Haß
strafende Liebe ist!
Sonne der Zukunft
loht aus dir,
wenn vernichtend heiß
göttlichen Grimmes Odem
von dir geht!

*

Wenn Du nur wolltest!

Ich bin eine Harfe
mit goldenen Saiten,
auf einsamem Gipfel
über die Fluren
erhöht.

Du laß die Finger leise
und sanft darüber gleiten,
und Melodieen werden
aufraunen
und aufrauschen,
wie nie noch Menschen hörten;
das wird ein heilig Klingen
über den Landen sein . . .

Ich bin eine Harfe
mit goldenen Saiten,
auf einsamem Gipfel
über die Fluren
erhöht —

und harre Deiner,
oh Priesterin!
daß meine Geheimnisse
aus mir brechen
und meine Tiefen
zu reden beginnen
und, wie ein Mantel,
meine Töne
um dich fallen,
ein Purpurmantel
der Unsterblichkeit.

*

Der Spieler.

Zu jeglichem Ding
will ich also sprechen:
„Sei mein Würfel!
Im Becher der Phantasie
will ich den höchsten Wurf
mit dir wagen!

Mit jedem Großen,
der aus dem Schoß
der rollenden Erde stieg,
will um den Kranz ich
mit dir werfen!"

Allzu zaghaft
spielte bisher der Mensch,
brach nieder zu oft
unter der Würfel Last, —
starke Sehnen
spür ich frohlockend —:
Wie viel Augen habt ihr,
Dinge?

Trotzt — ihr — mir? —
Einmal naht es euch doch,
daß ihr allzusamt
in meinen Becher müßt —
und ich ihn,
und mit ihm euch,
mir voran
in die Grube schmettre.

*

Im Eilzug.

Über der Erde
erhabene Rundung,
hart dem Tag
auf fliehender Ferse,
rollende Räder
rauscht mit mir!

Vom Horizonte
schürzen Gewölke sich
nächtlich herauf
und schwärzen seltsam
ein formlos Gesicht
in den stahlhellen Himmel.

Ein breiter Stierkopf,
träg und tückisch,
wächst und schwillt es
über die Welt...
dehnt und verzerrt sich...
verschwimmt in Nacht...

Rollet, raset
den Rücken der Erde,
Räder, empor!
Des Tages Gewandsaum
möcht ich noch einmal
inbrünstig küssen!

*

An Friedrich Nietzsche.

Die Park-Kapelle spielte „Lohengrin".
Da löste sich mein Blut zu jähem Gang,
daß heiß und weh das Herz mir überschwoll.
Auch Du hast jene Töne ja geliebt
und einst voll tiefen Durfts in dich getrunken,
auch Du an ihnen zitternd dich berauscht,
wie ich mich heute zitternd dran berausche.
O Du!...
            Und unter tausenden, die stumpf
ihr kaltes Ich behaglich wiederkäuten,
hab ich, mit starren, unerschloßnen Mienen,
in innern Thränen fassungslos geweint.

*

Odi profanum...

Flieh um so tiefer in dich selbst zurück,
als du dich keinem recht enträtseln kannst...
Verhäng die Fenster deiner Seele
mit dichtgeknüpften Alltagsphrasen!

Mit dummem Lächeln stehn sie um dich her
und rühren hier und tasten dort dich an —
Gieb acht! Bedroht sind deine Schätze
von tempelschänderischen Fingern.

Verbirg dich im Gewölb des Frühgewölks
und in des Abends langem Schattenwurf,
am liebsten aber in der Nächte
hochherrlich ausgespannten Zelten.

Dort wanderst du allein mit deinem Schmerz
und schmückst die Erde ungestraft mit Lust,
aus deines Geistes grünen Körben
ein unerschöpflicher Verschwender.

*

An Sirmio.*)
(Catulls Ode.)

Kaum glaub ich's noch! Catull, du bist daheim!
Daheim auf deinem lieben Sirmio!
Oh Sirmio, Sirmio, Kronjuwel Neptuns!
In allen Meeren, Strömen, Seeen sucht
Deingleichen man umsonst: Kein Vorgebirg,
kein Halbeiland, kein Eiland kommt dir gleich!
Wie gern bin ich zu dir zurück geeilt!
Wie schön, die Sorg und all den fremden Kram,
der mir nichts ist, im Rücken weit, weit, weit,
am eignen Tisch, im eignen Bett zu ruhn!
Das ist doch noch ein Lohn nach so viel Plag!
Mein Zauber-Sirmio, freust du dich denn auch?
Und du, mein See, brandest du mir Willkomm?
Ja, alles lacht und ruft: Catull ist da!

*

*) Sirmio (heute Sermione), Halbinsel im Süden des Garda-
sees, mit einer Villa des Catull.

Auf der piazza Benacense.
(Riva am Gardasee.)

Den Nacken hoch, Germane!
Diese Gassen
trat beines Ahns
geschienter Herrenfuß.
Hier eben, wo ich schreite,
schritt auch er,
geehrt vom Italer,
und seiner Weiber
Gebet und Furcht.
Ich blonder Enkel bin
kein Fremder hier;
der Bursch dort teilt vielleicht
uralte Vaterschaft
mit meinem Blut.
Wie mir das Herz schlägt,
thöricht laut und stark!
Es ist ein Stolz
um alte Volkheit doch, —
und warens Bären auch,
die hier als Gäste
des schönsten Reichs gehaust —
der Enkel hegt,
nicht ihren Grimm,
doch ihre Kraft noch heut.
Den Nacken hoch, Germane!
Felskastelle
des Berner Dietrich
und des großen Karl
erzählen heut
von alten Siegen noch,
und schwarze Augen

brennen heut noch heißer,
wenn sie des Nordens
blauer Blitz versengt.

*

Fliegendes Blatt.

Kecke weiße Spitzensäume,
schlanke Stiefeletten,
aus den Augen Purzelbäume
toller Amoretten,
Zöpfe, minder Liebeszäume,
eher Liebesketten,
Lippen, heiß vom Hauch der Träume, —
wer kann da sich retten?

*

Übermut.

Einher zu gehn, den freien Kopf
sechs Fuß hoch über der Erde!
genug, daß aus dem ärmsten Tropf
ein stolzer König werde.

Die Brust wird breit, die Hüfte leicht,
das Auge Glut und Glanz.
Ihr Thoren, die ihr kriecht und schleicht,
mein Gang ist eitel Tanz.

*

Bahn frei!

Nur müßt ihr mich nicht halten wollen,
wenn die Rosse der Phantasie
vor meiner Geißel dahinrasen!
Wehe dem Schurken,
der mir in die Zügel fällt, —
siebenmal schleif ich ihn
um den Bezirk
meiner Welt.
Wehe vor allem dem Recensenten,
der mir
mit höchst ungriechischem Feuer
den Weg bedräut.
Meine Peitsche ist länger noch
als seine Ohren,
von stärkerem Leder
als seine Hirnhaut,
die Schnur noch gespaltner
als seine Zunge.
Bahn frei!
Kurz ist zur Fahrt die Zeit.
Springt mit herauf,
wenns euch lüstet!
Tausend gewähr ich Platz,
hier an den Mähnen,
hier an den Schweifen,
hier auf den Rücken der Rosse,
und hier oben bei mir
auf dem Wagen
weiteren tausend.
Herauf, Freunde!
Sturm um die Stirn,
Sonnen im Aug,

so laßt uns jauchzend
die tausendundein Weltwege
durchbrausen.

*

Per exemplum.

Ich wollt, ich wäre Gott;
denn Mensch sein
heißt Prahler sein.

In Gedanken
mit Sternen spielen —
Spiel für Dichter
und Wäscherinnen.

Aber wär ich Gott...
ich griffe mir
per exemplum
ein violettbestrumpftes,
schnupftabaktalariges,
cölibatbettiges
Pfäfflein
von irgend einem
bigotten Planeten,
macht' es so groß
wie mich selber
und hängt' ihm dann
das ganze Sternall
als Rosenkranz
über die Hand —
es abzubeten.

„Hurtig, hurtig!
Dein Lohn ist
die ewige Seligkeit!"

„„Aber Herr, Herr...""

„Nichts da! Gebetet!"

Ach! daß ich Mensch bin, —
ein Murmeltier,
auf den Alpen
passiver Begriffe.

*

Ασβεστος γελως.

Die Tage der Gläubigen
uralten Wahns
sind dahin!
Unauslöschlich Gelächter
grüßt,
was sie lassen und thun.

Am Sonnenhimmel
schaun sie noch immer
schwärzliche Punkte
und sprechen: "Seht!
Gottes Finger
deuten auf uns!"
Wissen sie nicht,
daß sie Flecken des eigenen Augs
anbeten?
Rührendem Schauspiel
lohnt
unauslöschlich Gelächter.

Bändigen
wolln sie den Huf der Zeit,
mit Spruch und Fluch
bannen das steigende Roß,
drauf frühlingsgewaltig
der freie Geist,
der Zukunft König,
einherbraust!
Weh den Zermalmten!
Ihr Ende
umschallt
unauslöschlich Gelächter.

Hören sie nichts?
Vom Aufgang zum Niedergang
lacht es ja unablässig,
grüßt,
was sie lassen und thun,
unauslöschlich Gelächter.

*

Botschaft des Kaisers Julian an sein Volk.

Kehrt Phoebus Apollo
zum zwölften Male,
sollen der Christen
Tempel fallen!

Ihre Säulen
sollen gebrochen werden
und ihre Kreuze
sich in die Erde bohren!

Und der Priester unheilig Volk
sei in ihnen,
als ihren Heimstätten,
wenn sie zusammenstürzen!

Und alles Volk
gehe in Rosen umher
und werfe die Steine
in seine Schlüchte und Wässer!

Und Tag und Nacht
solln die Posaunen
der neuen Tempel
jauchzen!

Wann aber der alten
Boden flach ward,
so soll man
Gärten darüber breiten!

Denn die Zeit ist um,
da das Kreuz geragt,
der neue Mensch
reckt seine Hand.

*

Auf mich selber.

Höchste Unabhängigkeit —
sin' qua non condicio;
Zwang der Herdengängigkeit —
maxima contricio!

Rang, Besitz und Menschengunst —
larum lirum larum;
eine Kunst statt aller Kunst:
hic fons lacrimarum.

*

Übern Schreibtisch.

I.

Bau dich nur an in deiner Welt,
und schiele nicht nach fremden Trieben,
bist du nur selbst dir treu geblieben,
so hast du einst auch deinen Mann gestellt.

II.

Willst du fest und fördernd leben,
mußt du oft den Blick verkleinern
und, dich schaffend zu erheben,
vielem dein Gefühl versteinern.

*

Vor alle meine Gedichte.

„Traurig" — „lustig" —
Worte!
Ich schreibe für Männer.
Freue sich, wer da kann,
der lebendigen Kraft,
die, unbekümmert
um das, was sie greift,
nur sich selber
auslassen und üben will!
Schaffen ist Kraft!
O ihr empfindsamen Werter!

*

Wir Lyriker.

Warum wir immer noch Verse schreiben?
Um unbekannt und ungestört zu bleiben.

*

Pöblesse obligée.

„Gutes laßt uns stets beschweigen;
denn es dünkt uns selbstverständlich;
Schlechtem aber stets bezeigen,
wie wir ihm so tief erkenntlich."

*

Einigen Kritikern.

Laßt bei diesem Kot und Stroh
es nunmehr bewenden,
müßt nicht euer Bestes so
leichten Sinns verschwenden!

*

Kriegerspruch.

Alte treue
Fahne Einsamkeit,
mit dir scheue
ich keinen Streit.
Hülle mich ein,
mein Panier,
in dir
will ich leben und begraben sein.

*

Herbst.

I.

Hörst du die Bäume im Windstoß zischen?
Siehst du, wie sie sich drehen und winden
unter des Regens tausendsträhniger Geißel?
Gekrümmten Rückens, erstarrten Blutes,
flüstern sie unaufhörlich heisere Flüche
in den kalten, grausamen Herbst hinaus.
Blühten sie nicht in dankender Schönheit
Göttern und Menschen auf?
Bargen der Vöglein süßes Geschwätz nicht treu?
Schildeten nicht vor Schloßen das zarte Beet?
Und der Sonne furchtbare Feuer —
wer empfing sie, sich lautlos opfernd?...
Sieh, wie die Armen im Sturm erschauern —:
Wie langzottige frierende Hunde,
denen das nasse gesträubte Fell
überwirbelt nach vorne weht,
trotzen gesträubt die trostberaubten,
und ihr herzzerbrechendes Seufzen
rauscht umsonst
ans graue Gewölb der Wolken.

*

II.

Ihr Götter der Frühe,
schenket mir gute Gedanken!
Küßt mir die helle Stirne
mit lächelnden Lippen!
Aufatmend tret ich hinaus
auf die Altane...
Von leichten Winden gerührt,
schwanken die Büsche,
und, holdanwogend,
grüßt der glitzernde See
die treuen Ufer.
Fernher kommen
fleißige Segel gezogen, —
ihr Unsichtbaren,
tragen sie eure Geschenke?
Aber was frag ich!
Von euerer Nähe
Odem schauern
Himmel und Erde...
Euren Odem selber im Busen,
tret ich,
überbegnadet,
fromm,
zurück ins Zimmer...

*

III.

Der graue Herbst
lädt mich zu sich hinaus,
übern grauen See,
übern grauen Wald,
in die graue, graue Himmelsferne...
Bin ich der einzige Mensch der Erde?...
Tiefe Verlassenheit fällt mich an.

*

Ein fünfzehnter Oktober.

Vier Abendstimmungen am (53.) Geburtstag Friedrich Nietzsches.

I.

Urplötzlich —
durch Vorhangspalten —
der Mond...
Drunter,
schneehell,
der See...
Dazwischen
schwarzblaue Kluft...
Hinaus,
in den Nichtraum=Raum
der Myriaden Welten!
Abgrund!
Ausgrund!
Urungrund!...
Nicht fallen, Geist! —:
Hier! —:
Lampe, Bücher, Tintenfaß!...
O Narrheit!
Narrheit!
Narrheit!

*

II.

Was wollt ihr doch
hier um mich?
Wißt, wer ihr seid?
Wer ich bin?
Was wandelt durch uns?
Welch Spieles Puppen
sind wir?
„Lebe! lebe!"
Ich lebe ja!
Auch das ist Leben,
wenn unter dem Fuße
der Feindin Finsterniß
der Wurm sich krümmt
und an ihm
zu beiden Seiten hinauf
strebt,
züngelt,
seufzet

— — —

*

III.

Wahrt euer Mitleid für euch,
gutherzige Menschlein!
Auch der düstersten Leidenschaft
bitterster Seufzer
ist köstlicher noch,
als was ihr uns bieten könntet!
In unserm Schmerz,
Zorn, Haß, Einsamsein —
wie viel glücklicher sind wir
als ihr!
Hinweg mit dem Leichnam,
den, trostbeflissen,
eu'r Eifer heranschleppt!
Fort mit der Mumie!
Was soll
den lebendigen Göttern
der tote!

*

IV.

Und da ich nun so frei wie nur ein Mensch,
von Schönheit übervoll und hell an Geist,
so weiß ich nicht, was ich n i c h t zwingen sollte
in meiner Kunst gefügig Alphabet.
Frei, f r e i ! du schönstes Wort der neuen Welt,
Paß aller Unersättlichen und Glück!
Wer ermaß schon deinen Wert?
Höher, heitrer wölbst du des Helden Stirn,
stolzer stößt ihm das Herz,
wuchtiger wirken die Lungen ihm,
und seine Schritte
tragen geflügelt ihn über die Erde.
Keines Gottes rächender Blitz
schreckt,
wer selber von Flammen ein Schoß.
Lächelnd löst er den Blitz
seiner Hand —:
Mein ist er, war er von je!
Ich gab ihn dir,
ihm dich,
dich mir! . . .
Frei! ruf ich, frei! . . .
Und sieh, kein Echo wirft den Ruf zurück —
ins Grenzenlose warf ich ihn.
Fliege, mein Adler, schieße, mein Stern!
Und erst die Stunde, die mein Auge bricht,
wird dich den Kopf zerschelln und enden sehn —
am Echoschild des Tods.

* *
*

Und so hebe dich denn...

Und so hebe dich denn
aus den Nebeln des Grams
auf des Selbstvertrauens
mächtigen Fittichen
aufwärts,
bis du dir selber
mit all deinem Leibe
klein wirst,
groß wirst
über dir selber
und all deinem Leide.

*

Die Kinder des Glücks.

Sorglosen Lächelns
die Lippen geschürzt,
fröhlich die blühenden
Wangen gerötet,
tanzen wir Kinder des Glücks
unsre sonnigen Pfade dahin.

Rosenkränze
und schimmernde Bälle
werfen wir uns
und den Fremdlingen zu.

Wer uns begegnet,
dem huscht es wie Gold
über das sinnende
Antlitz.

Auf weichen Armen
trägt uns das Weib,
süß von Küssen
duftet die Luft.

Unser Wort
ist Gesang
und Gesang
unsre Antwort.

Fallen uns Feinde an,
schütten wir lachend
klingende Blitze
über sie aus.

Aber dem Urfeind
kommen am liebsten wir
raschen Entschlusses
selber zuvor.

Wir sind der Welt
unschuldigster Sinn,
wir sind die Erntenden
mühsamer Saaten.

Sorglosen Lächelns
die Lippen geschürzt,
fröhlich die blühenden
Wangen gerötet,
tanzen wir Kinder des Glücks
unsre sonnigen Pfade dahin.

*

Gefühl.

Ha, fühls! du mußt!
Ein Neues gärt empor...
Mit tausend Armen krampft und reckt sichs auf...
Ein dunkler, graunvoll süßer Lärm schwillt an...
So rollt das Meer in Vorsturm-Melodien...
Oh Kraft! oh Leben!
Komm herauf! herauf!
Natur gebier!
Ein neues Erdenfest
entfrühlinge der Völker trägem Schoß!
Ja! ja! du willst!
Ich fühl es ja!
Ich fühls!

*

Bei einer Sonate Beethovens.

Da rollte der Donner selber —
und Titanen
schnitten mit flachen Händen
Steinplatten aus dem Fels
und schmetterten sie
frohlockend hinaus,
daß sie wie Vögel
die Luft durchschossen...

*

Vor die vier Sätze einer Symphonie.

I.

Wie das noch so hoch getürmte
Wasser wieder muß zum Meere,
fällt der noch so hoch gestürmte
Geist zurück in toter Schwere.

II.

Fester Boden kann dich retten,
wenn du dich verloren hast;
trage fromm der Erde Ketten,
und zur Lust wird dir die Last.

III.

Stiegst du aus der Wasser Gruft
auf die feste Erden,
magst du nun einmal der Luft
lecker Segler werden.

IV.

Auf zur Erdenmutter Sonne
trägt den Vogel sein Gefieder,
Feuer tiefster Daseinswonne
schenkt ihm seine höchsten Lieder.

*

Kinderliebe.

Nach Klostersitte floß dein wollen Kleid
in grauer Strenge faltenlos zum Fuß,
doch drüber hin, gelöst und quellend reich,
des sanftesten Marienkopfs Gelock.
Braunaugen, wie von stiller Gluten Wehn
erschimmernd, sich verschleiernd — strahlt ihr noch?..
Ich war wohl acht, du dreizehn Jahre alt.
Was wars, das unsre Lippen jäh verband —
ach eine selige Sekunde nur —
wie erster unaussprechlich süßer Durst
von Mann zu Weib — in weltvergessnem Kuß —
dem schönsten Kusse, den ich je geküßt..?..
Wo weilst du, Liebe, — nun wohl Mutter längst,
doch ewig junge Beatrice mir —?
Gemahnt auch dich noch Hauch versunkner Zeit —
und gabst auch Du dein Herz nie süßer hin?

*

„Aber die Dichter lügen zu viel."

Der Dichter muß des Menschen Sklave werden,
sonst ist es nichts, sonst bleibt es bei Geberden.

*

Habe Lust an der Wirklichkeit!
Sie ist der Urquell der Phantasie.

*

Glück.

Nun bebt in banger Fülle meine Welt,
der Jahre Gärten wollen Früchte tragen.
Und wie auf weichen Wiesenteppich oft
ein goldner Apfel, zart empfangen, rollt,
so rührt den Plan der täglichen Gefühle
ein heimlich reif und süß gewordon Lied.

Macht-Rausch.

Dich zu spielen, gewaltige Orgel —:
Blind,
mit tastenden Händen
über den Herzen der Welt!

Mit jedem Griff
Unnennbares lockend,
Stürmen und Säuseln
abgrundentfesselnd, —
eine Fuge
aus Seufzern,
Gelächtern,
Flüchen,
Wehklagen,
Wollüsten,
Jauchzern . . .

So zu sitzen!
Blind
vor brausendem Tönemeer —
unter meiner Hand,
des Mächtigen,
auf und nieder rauschendem Tönemeer . . .
Und ein Lauschen
auf allen Sternen . . .

*

Präludium.

Singe, o singe dich, Seele,
über den Eintag empor in die
himmlischen Reiche der Schönheit!
Bade in goldenen Strömen der Töne dich rein
vom Staube der Sorgen!

Was dir die Welt geraubt, vergiß es!
Was dir dein Ich verwehrt,
genieß es im Traum!
Auf klingenden Wellen
kommen die heimlichsten Wunder
wie Düfte
ferner Gärten
zu deinen leis zitternden Sinnen.

Singe, singe, Seele des Menschen,
vom Grauen der Nächte bedroht,
dich empor,
wo, lichtumgürtet,
der Phantasieen
jungfräulicher Reigen
die zierlichen Füße
auf nie verblühenden Wiesen
verführerisch setzt.

*

Wo bist du...

Wo bist du, süße Blume meiner Tage?
Ich strecke müde, glückverlangende Hände
nach deinem holden Kelche aus?
Wo bist du —
daß ich das keusche, sammetweiche Haupt
dir küsse?
Wo bist du —
daß der Falter meiner Seele
an deiner Blüte Staub
sich neu vergolde?
Ich dürste, hungere nach deinem Duft!
Wo birgst du deine Schönheit?
Welcher Garten des Paradieses
umfriedet deine Pracht?
Wo bist du — bist du —
süße Blume meiner Tage?

*

Gleich einer versunkenen Melodie...

Gleich einer versunkenen Melodie
hör ich vergangene Tage
mich umklingen.
Heiß von Thränen
wird mir die Wange,
und von wehmütigen Seufzern
schluchzt mir die Brust,
an der du —
ach Du!
einst dein blondes,
erglühendes Köpfchen bargst,
o Geliebte!

*

Gesellschaft.

I.

Aus der Gesellschaft Lärm und Lachen
hebt schwermütigen Flügelschlags
meine einsame Seele sich
fernen schweigenden Höhen zu,
wo der Nachtwind klagend
in mächtigen Bäumen harst,
und in den langen Schatten
des kühlen Mondes
meine Träume und Wünsche
sorgenvoll wandeln …
Ach, die ihr hier scherzt und lacht
und mit leeren Tönen
der Tag und Nächte
kostbare Luft erfüllt —
was hab ich mit euch —
was hab ich mit euch
zu schaffen!

*

II.

Jene schmerzlichen Stimmungen!
Wenn du plötzlich den Kopf
in den Nacken wirfst —:
Alles um dich wird starr, tot —:
Und du springst auf,
um herbe Lippen
ein mühsam Lächeln.
Hinaus!
Ins Freie!
Allein sein! Dein sein!
Ins Erdreich
stampft dein erregter Fuß
deine Unrast...
Schluchzend, stammelnd
löst sich dein Trotz...
Stiller wirst du,
gütiger, reifer...
Jene schmerzlichen Stimmungen

*

Lieder!

Träumerische Stimmen
durchstürmen meine Seele...
Nackte Mädchen
jagen sich
an Hügelhängen hin...

Tief unten rauscht
der breite blaue Fluß.
Über mir in tönenden
Kreisen zieht ein Aar.

Lieder...
Lieder...
Lieder überall!
Im Sonnenschein,
im grünen Gras,
im Wald,
im Fluß,
im Thal...

*

Ewige Frühlingsbotschaft.

Sieh mit weißen Armen, schwellenden Brüsten,
purpurnen Lippen, blitzenden Augen dort
der jungen Weiber hold erregte Reigen
aus den immergrünen Thoren der Jugend,
gleich aus brechenden Körben rollenden Früchten,
quellen — strömen — — sich ergießen — — —
des Lebens unversiegliche Bürgschaft selber.

Und du stürzest nieder in deiner Kraft,
und besiegt vom Zauber unendlicher Anmut,
lässest du willenlos dich mit Rosenbanden
fesseln, und durch den zierlichen Fuß der Erwählten
küssest und wirfst du mit neuen Gelöbnissen dich
an den gütigen Schoß deiner ewigen Mutter.

Aus den immergrünen Thoren der Jugend
wiegen jungfräuliche Reigen sich
in die grauen Gefilde der Welt.
Und es zittert die keusche Myrte,
und unruhig atmet die Rose,
wenn im hohen Äthergewölbe
die Kerzen der Nacht aufflammen.

*

An Mutter Erde.

Sie wolln mich umgarnen,
sie wollen mich fort reißen —
aber ich werfe mich
an deine heilige Brust,
Mutter Erde...
Mit weiten Händen
greif ich in deine Schollen,
mit tiefen Zügen
schlürf ich den herben Duft
deiner Kräuter...
Nein, Du
verlässest mich nicht,
du nährst mich,
du stärkst mich,
daß die bösen Geister
mich lassen müssen,
und ich hoch und heiter
wieder des Weges wandere,
den ich mir kor.
Dafür will ich dich auch
ohn End, ohn Ende
lieben und preisen...
Und wenn du mich einst
vom Strahl der Sonne
zurückheischst,
dann will ich
mein Haupt still
in deinen Schoß betten...
Und du wirst
meinen Schlummer behüten
von Ewigkeit
zu Ewigkeit.

*

Aus einer Lieder-Gruppe

Ein Sommerabend

In Musik gesetzt von Robert Kahn.

Feierabend.

Lindenduft .. Bienenchor ..
Vogelsang und Brunnenrauschen ..
Knarrend schließt sich Thor um Thor;
Feierabend lockt hervor,
Grüße auszutauschen.

Junges Volk will Gesang,
Fiebelspiel und lecke Reigen;
säume heute keiner lang,
sich zur Ehr und uns zu Dank
seine Kunst zu zeigen!

Einer weiß ein neues Lied,
andre freuen sich der alten;
wer von Fern zu Ferne zieht,
muß es, eh er weiter flieht,
fröhlich mit uns halten.

Düfteschwerer Dämmerflor ..
Vogelsang und Brunnenplauschen ..
Trete nun der Mensch hervor,
lasse in den großen Chor
seine Stimme rauschen!

*

Volkslied.

Draußen im weiten Krieg
ist blieben mein armer Schatz,
draußen im fremden Land,
da liegt er kalt und blaß.

Läg ich doch bei ihm im Grab
in der fremden Erd!
Was thu ich hier allein
am einsamen Herd?

Stiller Mond,
der in mein Fenster scheint,
hat schon jemand so
um seinen Schatz geweint?

*

Geheime Verabredung.

Glühend zwischen dir und mir
Julinächte brüten;
gleiche Sterne dort und hier
unsern Schlaf behüten.

Wähl das schönste Sternelein,
will das Gleiche thuen; —
morgen droben Stelldichein
auf geheimen Schuhen.

Giebst du nur nichts anderm Raum,
als mich dort zu finden,
wird ein gleicher süßer Traum
dich und mich verbinden.

*

Erntelied.

Wo gestern noch der Felder Meer
gewogt in allen Farben,
steht heut in Reih und Glied ein Heer
festlich gegürteter Garben.

Es will der goldne Heeresbann
vor Frost und Hungers Wüten
das ganze Dorf mit Maus und Mann
bis übers Jahr behüten.

Und liegen die Bataillone erst
im sichern Scheunquartiere,
du fändst, und wenn du der König wärst,
nicht bessre Grenadiere.

*

Der Abend.

Auf braunen Sammetschuhen geht
der Abend durch das müde Land,
sein weiter Mantel wallt und weht,
und Schlummer fällt von seiner Hand.

Mit stiller Fackel steckt er nun
der Sterne treue Kerzen an.
Sei ruhig, Herz! Das Dunkel kann
dir nun kein Leid mehr thun.

*

Nachtwächterspruch.

Ihr Leut im Dorfe, laßt euch sagen,
die Glock am Turm ist elf.
Nicht lang, so wird es wieder tagen,
drum auf, und geht zu Bett!

Denn der nur gilt in der Gemeine,
der rüstig wirkt und schafft,
der sorgt getreulich für die Seinen,
bis ihn der Tod entrafft.

Ihr Leut im Dorfe, laßt euch sagen,
die Glock am Turm ist elf.
Nicht lang, so wird es wieder tagen,
drum auf, und geht zu Bett!

*

O Friede!

O Friede, der nun alles füllet,
erfüll auch uns mit süßer Ruh,
und bis ein Tag sich neu enthüllet,
deck uns mit trauten Träumen zu.

Wie manches, was des Tages Wille
mit rechter Klarheit nicht ergreift,
dem hilf, daß es in deiner Stille
zu freundlicher Vollendung reift!

Wen Schicksalsschläge grausam trafen,
den tröste des, was ihm geschehn;
wer neid- und haßerfüllt entschlafen,
den laß versöhnt den Morgen sehn!

So allem, dem gleich uns auf Erden
zu Teil des Lebens schwankes Los,
laß deines Segens Tiefe werden,
gieb Kraft aus deinem heiligen Schoß!

* * *

Erden-Wünsche.

Ein Weib, ein Hund, ein Segelboot,
mein Freund, sein Weib und sonst nichts mehr;
ein freies Schaffen, ein edler Tod,
das wäre so mein Begehr.

Vergaß ich nichts? Wer fehlt noch, wer?
Mein Triumph wider den Tod!
Ein Sohn, dem mein Wollen im Blute loht
und Kraft noch tausendmal mehr.

*

Eins und alles.

Meine Liebe ist groß
wie die weite Welt,
und nichts ist außer ihr,
wie die Sonne alles
erwärmt, erhellt,
so thut sie der Welt von mir!

Da ist kein Gras,
da ist kein Stein,
darin meine Liebe nicht wär,
da ist kein Lüftlein
noch Wässerlein,
darin sie nicht zög einher!

Da ist kein Tier
vom Mückchen an
bis zu uns Menschen empor,
darin mein Herze
nicht wohnen kann,
daran ich es nicht verlor!

Ich trage die Welt
in meinem Schoß,
ich bin ja selber die Welt,
ich wettre in Blitzen,
in Stürmen los
und bin der Gestirne Zelt!

Meine Liebe ist weit
wie die Seele mein,
alle Dinge ruhen in ihr,
das ganze Weltall
bin ich allein,
und nichts ist außer mir!

*

Ob sie mir je Erfüllung wird ...

Ob sie mir je Erfüllung wird, die Lust,
in alle Höhn und Tiefen auszuschweifen,
die Welt mit Riesenarmen zu umgreifen,
so Brust an Brust
der Allnatur zu reifen,
und dann, ein Sonnenweinstock, Erdemduft
ein Meer purpurner Herbste abzustreifen?

*

Künstler-Ideal.

O tiefe Sehnsucht, die ich habe,
erfülltest du dich einst einmal,
daß ich nach dieses Lebens Grabe
mich wiederfänd in Lust und Qual —
in einem neuen Künstlerwerden,
in einem Gott des Tons, des Steins...
daß ich in ewigen Geberden
so webte am Gewand des Scheins.

Ob Not und Leid des Schöpfers Lose,
nur Schöpfer sein bedünkt mich wert,
aus bittren Dornen flammt die Rose,
nach der mein ganzes Blut begehrt.
O immer neu mit vollen Händen,
der Schönheit Meister, aufzustehn,
von Welt zu Welt, mit hehren Bränden,
ein unbekannter Gott, zu gehn!

*

An meine Seele.

Was wirst du noch wollen,
du ewig begehrende,
wohin du noch fliegen,
du sturmwindwilde!
Die in Erkenntnis du
rein dich badetest,
die du des Schaffens
heiligen Wahnsinn kostetest,
die du der Macht
überweltliche Freuden ahnetest,
die du von Strömen der Liebe
quollest und duftetest!
War dir ein Lohn je genug?
Hielt dich ein Ziel je zurück?
Oh, wie der Wind tagaus, nachtein
um den rollenden Ball
seine ruhlosen Fittiche regt,
nicht über Meeren rastend,
nicht auf der Berge Haupt,
ewig wechselnder Wolke
Former und Feger —
oh, wie sein Odem
des Pols und der Wüste
streitende Lüfte sind
und der Blitze Herden
ein Spiel seiner Lust —
so bist du, meine sturmwilde Seele,
ein ewiger Odem,
ein schwangerer Weltwind,
ein Schoß von Gewittern!
O du meine Seele,
die du in tausend Herzblutquellen

durch den Ring äonischer Alter
heran, herauf wuchseſt bis zu mir,
du wie die Menſchheit uralte Seele,
du, deren zahlloſe Wurzeln
ſaugend die ganze Erde umklammern,
ſchwankend vor Glück
ſchrei' ich mit deiner lieben Laſt
und kann noch nicht faſſen,
daß grade ich
dein Werk, deine Frucht.

*

Mondstimmung.

Über den weiten
schweigenden Wäldern der Welt
möcht ich gleich dir, o Mond,
großen Auges dahinziehn..
wenn die dämmrigen Wiesen
den Geist ihrer Nebel
zu dir emporwölken,
und breite Gewässer
schwärzliche Eilande
silbern umrinnen..
wenn die Dörfer sich tiefer
dem erdigen Boden schmiegen,
und die steinernen Städte
mit weißeren Giebeln und Türmen
lautlos
vor deinem Angesicht schlafen.
Auf die träumende Menschheit dann
möcht ich gleich dir
großen Auges hinabschaun
und der leisen Musik
ihres flutenden Blutes
lauschen.

*

An die Wolken.

Und immer wieder,
wenn ich mich müde gesehn
an der Menschen Gesichtern,
so vielen Spiegeln
unendlicher Thorheit,
hob ich das Aug
über die Häuser und Bäume
empor zu euch,
ihr ewigen Gedanken des Himmels.
Und eure Größe und Freiheit
erlöste mich immer wieder,
und ich dachte mit euch
über Länder und Meere hinweg
und hing mit euch
überm Abgrund Unendlichkeit
und zerging zuletzt
wie Dunst,
wenn ich ohn maßen
den Samen der Sterne
fliegen sah
über die Äcker
der unergründlichen Tiefen.

*

Vor Strindbergs „Inferno".

ER,
der Menschheit Gedankenlöwe,
aller Hirn= und Herzungeheuer Herr,
brüllt über seine Wüste hin,
über die Wüste der Schrecken und Qualen,
nach seinen Opfern,
den glut= und sandwindgepeitschten Pilgern.
Und tausende brechen
heulend und haareraufend
in ihre Kniee,
werfen sich langhin
vor seinem furchtbaren Brüllen —
„Ja! wozu — wozu dich fliehen —
unsre Füße versagen —
unsre Sinne sind siech ...
Dir Schrecklichem,
dir Übermächtigem,
oh! sich zu opfern!
Deine Stimme zerreißt uns
die Eingeweide —
Herr Herr unser Gott,
da nimm unser Herz,
da trink unser Blut!
Oh Rausch der Erschlaffung,
sich von dir
langsam ausschlürfen zu lassen —
oh seliges Hinübersterben
aus der Wüste in dich ....."
ER
der Menschheit Gedankenlöwe,
aller Hirn= und Herzungeheuer höchstes
und unersättlichstes,

brüllt —
und die Wüste
erzittert in ihren Vesten,
heute
wie ehedem,
da sie ihn gebar.

*

Ne quid nimis!
(Zur Psychologie der Stoa.)

Machtlos sein
in seinem Zorn,
seiner Verzweiflung!
Nicht wissen wohin!
Auf und ab stampfen
in seinem engen Gemach, —
durch die Straßen
laufen, fahren, —
vergessen —
unmöglich!
Überall
diese Unrast,
dieser Ekel,
dieser Haß,
diese Verachtung!
Und schonen müssen,
was man zerschlagen will,
zertreten,
zertrümmern will,
alles in sich hinein
schlucken müssen,
würgen müssen,
fast ersticken
an seiner Unlust,
nicht einmal schreien dürfen
wie ein Tier,
nur stöhnen,
seufzen,
schelten,
knurren dürfen!
So wirst du krank,
Seele,

müd, matt,
vergiftet, —
ein Licht,
das, niedergehalten,
gierig
die eigene Kerze
verzehrt.

*

Quos ego!

Nörgelt mir nicht
am freien Flug
meiner Phantasie,
sonst reiß ich alles,
was fest und sicher,
aus seinen Wurzeln
und schleudr' es auf euch
in die trostlose Niederung,
wahnsinnbewältigt.

Denn tot und verdrossen
schleicht euch das Blut,
und es ist keine Lust,
euch leben zu sehn
und mit euch zu leben.
Flügel, Flügel,
mit mir zu fliegen,
mit mir zu schwelgen
im kreißenden Feuerregen
tanztaumelnder Gestirne,
alle glühenden Kelche
der blauen Nacht
auszuschmecken,
an alle Brüste
zu stürzen,
die ihre flammenden Knospen
aus aller Urwelt
Ahnungstiefen
dem Erdesohn
entgegenstarren — —!
Aber nicht so,
in einsamem Taumel!

Mit mir, ihr alle!
So kommt doch, Menschen!
Laßt euren Bruder
nicht so allein!

*

Natura abundans.

Ich sehe vor mir das schwarze Loch,
das tiefe, abgründige Loch,
in das ich tausend und abertausend
Gedanken hinuntergeworfen,
goldene Gedanken
zu Menschenlust und Vorteil,
die niemand wollte,
denen niemand Gestalt lieh.
Und doch warens
Schöpfergedanken,
oh glaubt mir,
des Lichtes wert.
Was sollt ich mich brüsten?
Wer so viel
in Jahren und Jahren
versinken sah,
wer so viel Frühlinge
ungeschaut opferte,
ihm ist das Herz
nicht mehr danach,
sich vor Menschen zu brüsten.
Er sieht nur mit starrem Aug
und zuckendem Mund
auf den Abgrund Vergessenheit,
der ihm zu viel verschlang.

*

Du trüber Tag...

Du trüber Tag
mit deinen stillen, grauen Farben,
mit deinem Duft von Wehmut und von Wissen —
in einem leisen Frieden ohne Namen
möcht meine Seele weit in dich verwehen,
meine Seele voll Wehmut und Wissen
und der stillen, traurigen Farben
entbehrter Sonne.

*

Konzert am Meer.
(Eine Erinnerung an Sylt.)

Und **Wagner** wühlte das Meer auf.
Da türmte das göttlich empörte
der Brandung Bänke
zu schäumenden Mauern
und brach sie
in langen, brünstigen Donnern
weithin auf den Strand.
So stoßen tausend Hengste zugleich
den Dampf durch die schrecklich geblähte Nüster.

Und ich, der schwache, eintagige Mensch,
stand davor,
mit fliegenden Gliedern,
und meine Hände
öffneten sich gegen das Meer,
als wollten sie's versteinern,
dies dionysische Schauspiel,
dieses königliche Wogen-Sterben,
dieje **morituri te salutant,** Wagner!
te salutant, Mensch!

Und da reckt' ich mich auf.
Und da lag mein Auge
löwenfunkelnd
über dem sterbenden Meer.

*

Der freie Geist.

Oh das ist Glück, wenn so zerschlagen
die Welt zu deinen Füßen liegt;
wohin dich deine Flügel tragen,
ist aller Raum und Zeit besiegt;
du schnellst dich tanzend durch die Weiten
und lachst der Menschen Wert und Wort,
ein Stück Natur aus Ewigkeiten,
selbst Urteil, Stunde, Maß und Ort.

*

Nur wer...

Nur wer die Welt bis auf den Grund zersetzt,
daß ihm der Schaum durch arme Finger rann,
versteht, was Mensch, was Leben heißt, nur ihm
sind aller Freuden Tiefen offenbart.

*

Die Luft ward rein...

Die Luft ward rein von „Gott",
nun ist das Weltall frei —
auf, spannt die Bogen
nach den fernsten Sternen!

*

Aus Religion.

Wir treiben mit Gefühlen Spott
um höhere Gefühle,
zerbrechen wolln wir euch und „Gott"
die angemaßten Stühle.

*

Ja trutze nur ...

Ja trutze nur, trutz',
hartnäckiger Nord,
dem begeistert Hinschreitenden!
Setze nur deinen hündischen Atem
wider den seinen —
doch erreicht er sein Ziel
und türmt sein Werk,
ein ragendes Riff,
das steil
über Erddunst und Erdwind
im heiligen Frieden
ewiger Ätherbläue
weltvergessen
sein Haupt sonnt.

Und die Adler des Himmels
rasten auf ihm.

Morgenstimmung.

Wenn so die Nacht die treugewölbten Hände
von ihrer Erde stillem Antlitz hebt,
und in die kühlen, duftenden Gelände
der erste Hauch des jungen Morgens bebt —

da laß uns Arm in Arm nach Osten gehen
bis vor das Thor der großen, stummen Stadt,
und Schläf' an Schläf' die junge Sonne sehen,
die uns so süßem Sein erschaffen hat.

*

Weiße Tauben.

Weiße Tauben
fliegen durch blaue Morgenluft...
grüßet, weiße Tauben,
mein Mädchen von mir!

Fliegt meinen Namen
vor ihrem Fenster
ins Morgenblau —
wie wird sie sich freuen! —:
„Oh ihr süßen, weißen Tauben
im blauen Morgen,
grüßt ihn,
grüßt ihn mir wieder!"

Ihr weißen Tauben!

*

Allein im Gebirg.

Oh du! daß du an meiner Seite wärst!
Mit dir auf diese stillen, grünen Seen,
auf diese edlen, blauen Berge träumen;
aus all der Schönheit noch zu einer höh'ren
zurückzuwissen, wenn die Seele dürstet;
an deiner Augen Spiegel dann zu hängen,
die klarer als das klarste Bergseebecken
nur mich — wie meine dein Bild — widerschimmern;
im warmen Steinsitz dann zurückzulehnen,
bis einer Sehnsucht unsre Lippen folgen
und, ohne Wunsch, nur wie in himmelsholder
Gelöstheit, unsre Seelen sich berühren;
und wieder dann so Kopf an Kopf den Weiten
der ungeheuren Landschaft hingegeben,
mit Augen, die vor Glück in Schleiern liegen,
mit sanftem Atem zarter, junger Liebe —
oh du, daß du an meiner Seite ruhtest!
Was ist mir all die Schönheit ohne dich.

*

Abendpromenade.

Das war ein langer Weg mit jungen Bäumen,
unweit des Hauses, den wir jenen Abend
so unermüdlich auf und nieder gingen,
so zärtlich Arm in Arm; ich weiß noch, wie du
den deinen unter meinen Mantel schmiegtest,
daß dir sein Flügel halb die Schulter hüllte.
Was schwatzten wir nicht alles da! Du klagtest
von Sorgen, die zu früh dir zugemessen,
ich kam dir philosophisch, treu dich lehrend,
was grade mir an Weisheit aufgegangen;
dazwischen wehten milde Abendwinde,
und unten lag der See in mattem Glanze.
Und weißt du auch noch, wie ein altes Weibchen
uns lächelnd als ein junges Brautpaar grüßte
und wir ihm fromm doch fruchtlos widersprachen?
Ach, Herz, wenn ich an diesen Abend denke
und an den kleinen Weg mit jungen Bäumen,
dann möcht ich jeden Lufthauch für dich bitten,
er mög dir all des Glückes Träger werden,
das ich dir wünsche, Tapfre, Liebe, Gute!

*

Görlitzer Brief.

Oh, das war schön, Herzbruder, lieber Freund,
als wir die kalte, klare Weihenacht
ausfuhren übers eingeschneite Land!
Durchs Astgewirr der Pappelbäume brach
der stillen Felder meilenweites Weiß:
die Erde ward uns wieder einmal rund,
und unser Geist ein Vogel über ihr.
Die Pferde dampften, und mit ihrem Trab
im Takte scholl das traute Schellenzeug;
des Kutschers Riesenmantel flatterte,
und holte seine Sensen-Geißel aus,
so war es Kronos selber, der uns fuhr.
So saßen wir nachdenklich Seit' an Seit',
mit seiner jungen Hoffnung jeder still,
und jeder still mit seiner jungen Not.
Da plötzlich, als der Blick sich grenzenlos
auf Äcker öffnete — ein weißer Blitz —
ein blendend Meteor! — und wieder Nacht.
(Mir hat einmal ein Weib aus meiner Hand
den Lebenslauf des Meteors gesagt.)
Die Kälte schnitt, und knirschend sang der Schnee.
Wir wandten um, und als die alte Stadt
nun wieder näher kam, da glänzte hier
und glänzte dort ein baum-erhelltes Haus:
Es war mir wie ein tiefes, fernes Lied
von Erdenkinder Hoffen und Geduld —:
Ein bißchen Lieb' und Licht, — und schon ein Fest! —
Doch freilich, wie viel Häuser lagen schwarz! —
Nun schlief die Ebne wieder hinter uns
mit ihrem ungeheuren Firmament, —
noch seh ich, wie die Sterne funkelten!
Oh, das war schön, Herzbruder, lieber Freund!

*

An die Moral-Liberalen.

Ihr seid mir kluge, wackre Leute,
nicht Fleisch nicht Fisch, nicht heiß nicht kalt,
im Gestern halb und halb im Heute, —
Freigeister ihr, mit Vorbehalt.

*

An N.

Mag die Thorheit durch dich fallen,
mir, mir warst du Brot und Wein,
und was mir, das wirst du allen
meinesgleichen sein.

*

An * *.

Da steht man nun in fremder Stadt allein
mit dem, was man gefehlt und man gethan,
und den man liebt, der will nicht bei dir sein
und wandelt eigenwillig eigne Bahn.

Und einer Liebe wunderreicher Hort
bleibt unerschöpft und ewig unerlebt;
ich stehe einsam hier, du einsam dort,
und sind im Tiefsten doch so ganz verwebt.

*

An Denselben.

Nur eines laß den Scheidenden dich bitten:
Thu ohne Reue, was du immer thust!
Ich will, daß du des nachts in Frieden ruhst, —
sonst haben beide wir umsonst gelitten.

Wars not, daß du das Tafeltuch zerschnitten,
ist Bruch mit mir, darauf dein Leben fußt, —
verwirr dich nicht in Gramgedankenwust!
Was du erstrittst, hab reuelos erstritten!

Genieße deines Wollens Frucht in Kraft,
verhüll gleich mir des Einst verschlungne Tage:
Daß jeder so, gesund in Schaft und Saft,

ein starker, grader Stamm gen Himmel rage.
Vernichten hieß dich deine Leidenschaft —:
So schreit' in Schönheit, ohne Reu und Klage!

*

Lebensluft.

Freiheit!
Freiheit!
Nur keine Liebe,
die ich nicht will,
nur keine Vogelschlingen
mich Liebender,
nur kein Handauflegen
den leichten Flügeln
der Seele!
Denn alle Liebe
will besitzen,
und ich
will nicht
besessen sein.

*

Stilles Reifen.

Alles fügt sich und erfüllt sich,
mußt es nur erwarten können
und dem Werden deines Glückes
Jahr' und Felder reichlich gönnen.

Bis du eines Tages jenen
reifen Duft der Körner spürest
und dich aufmachst und die Ernte
in die tiefen Speicher führest.

*

Mensch Enkel.

So sah ich
den Menschen eben,
als ich über die Straße ging —:

Der Zeiten ungeheuren Felsblock
auf den Schultern,
gebückt hinstürmend...

*

Abendläuten.

In deine langen Wellen,
tiefe Glocke
leg ich die leise Stimme
meiner Traurigkeit;
in deinem Schwingen
löst sie
sanft sich auf,
verschwistert nun
dem ewigen Gesang
der Lebensglocke,
Schicksalsglocke,
die
zu unsern Häupten
läutet, läutet, läutet.

*

Oh zittre mir nicht so...

Oh zittre mir nicht so, mein Herz,
da schwer das Leben auf dir liegt,
wir haben ja noch jeden Schmerz
im leichten Sinn besiegt.

Und wenn du gar so einsam bist
in dem, was deine Schönheit macht, —
ein Herze, das dich nicht vergißt,
du findst es noch vor Nacht.

*

Lebens-Sprüche.

Mag noch so viel dein Geist dir rauben, —
dein Blut muß ans Leben glauben!

*

Wozu das ewige Sehnen?
Laßt uns die Brust dehnen!
Auch ohne romantischen Trug —:
Wir sind! Das ist doch genug.

*

In allem pulsieren,
an nichts sich verlieren.

*

Was mir so viel vom Tage stiehlt...

Was mir so viel vom Tage stiehlt,
das ist das liebe Singen.
Wenn Frühlicht mein Gemach durchspielt,
kann ich kein'n Ernst vollbringen.

Dann pfeif ich mir und sing ich mir,
und dann streck ich die Arme zur Sonne,
und werde lachend Kind und Tier
in eitel Daseinswonne.

*

Wohl kreist verdunkelt oft der Ball …

Wohl kreist verdunkelt oft der Ball;
doch über den paar Wolken droben,
da blaut das sterndurchtanzte All
und läßt sich von den Göttern loben.

Die liegen auf den Wolkenbergen,
wie Hirten einer Fabelwelt,
und wissen kaum von all den Zwergen,
die das Gebirg im Schoße hält.

Sie lachen mit den weißen Zähnen
den Göttern andrer Sterne zu —.
Komm, Bruder, laß die leeren Thränen,
wir sind auch Götter, ich und du!

*

Singende Flammen.

Zwei Flammen steigen schlank empor
in stiller, weißer Wacht,
sie singen einen leisen Chor
empor zur Nacht,
zur Nacht.

Zwiefacher Liebe Dankgebet
ertönt in zarter Pracht,
der Erde Doppelseele weht
empor zur Nacht,
zur Nacht.

*

Zu einem Bilde H. Hendrichs.

Moor.

Als dich des ersten Menschen Aug erblickte,
empfand er schauernd: Meer! und aber: Meer!
Doch eine Stimme sprach dazwischen: tot!

Und eine düstre Trauer fiel auf ihn,
daß seine Sprache sich verwandelte,
wie wenn ein Vogel unter Wolken fliegt,
die ihn verdunkeln.

*

Vor einem Bilde Feldmanns.

Nächtliche Bahnfahrt im Winter.

Wenn du so auf müder Nachtfahrt
durch die dunklen Lande eilest,
wird dir Manches Graun und Rätsel,
das du sonst zum Klaren teilest.

Kannst das Dunkel nicht zerspähen,
wirst ohn Ende fortgerissen —:
Hier ein Licht und dort ein Schatten
aus durchdröhnten Finsternissen.

Und du denkst, wie durch die weißen
Wälder frierend Rehe ziehen,
bis sie vor den Dörfern stehen
mit von Frost zerschundnen Knieen.

Und du siehst die vielen Menschen
langgestreckt im Schlafe liegen,
und du siehst die große Erde
alles durch den Weltraum wiegen.

Du erschrickst —: Von lauter Stimme
hörst du einen Namen rufen — —
Ja, das ist das alte Städtchen
deiner ersten Werdestufen.

Und du denkst der lieben Gassen,
und du siehst dich selbst als Knaben ...
Und schon liegt das Städtchen wieder
fern in Schlaf und Nacht begraben.

Und ein Schaudern und ein Wundern
läßt dein festes Herz erbeben,
und dich graut vor deiner Menschheit
unenträtselbarem Leben.

*

Dunkle Gäste.

Was willst du, Vogel mit der müden Schwinge, —
du pochst umsonst der Seele Glasvisier;
du willst, daß ich dein Lied der Klage singe,
ich aber will, du sterbest außer mir.

Sieh, in mir ist es wie ein Turm am Meere,
der seine Flammen in die Ferne brennt,
daß manches Tier aus all der dunklen Leere
ihm zuschwebt übers schwanke Element.

Allein umsonst: An seinen starken Scheiben
erlahmt der dunklen Gäste kranke Sucht, —
sieh, meine Flammen wollen golden bleiben,
sie sind kein Herd für trüber Wandrer Flucht.

*

Begegnung.

Wir saßen an zwei Tischen — wo? — im All …
Was Schänke, Stadt, Land, Stern — was thuts dazu!
Wir saßen irgendwo im Reich des Lebens …
Wir saßen an zwei Tischen, hier und dort.

Und meine Seele brannte: Fremdes Mädchen,
wenn ich in deine Augen dichten dürfte —
wenn dieser königliche Mund mich lohnte —
und diese königliche Hand mich krönte —!

Und deine Seele brannte: Fremder Jüngling,
wer bist du, daß du mich so tief erregest —
daß ich die Kniee dir umfassen möchte —
und sagen nichts als: Liebster, Liebster, Liebster —!

Und unsre Seelen schlugen fast zusammen.
Doch jeder blieb an seinem starren Tisch —
und stand zuletzt mit denen um ihn auf —
und ging hinaus — und sahn uns nimmermehr.

*

Dunst.

Kam des Wegs spät abends
längs des Stromes.
Da erdröhnte fern die Nacht
und rollte
einen Eilzug über Brückenbogen,
die gescheuchten Schatten
fahl entstiegen.
Funkelnd glitt
der Fenster gelbe Reihe
drunten mit
in schwarzer Fluten Spiegel,
drüber aber
ließ der fliehnde Kessel
seines Dampfs
langlagerndes Gewölke.
Wirr zerflatterten
die weißen Dünste
in der blauen
winterklaren Weltnacht...
Und da kam ein Traum
in meine Seele —
und vor mir
zerflossen —
S t e r n e n n e b e l.

Ohne Geige.

Ich möcht eine Geige haben,
so ganz für mich allein,
da spielt ich all meine Schmerzen
und all meine Lust hinein.

Denn ach, ihr lieben Leute,
ihr wißt nicht, was geigen heißt,
ihr habt wohl fleißige Finger,
doch nicht den heiligen Geist.

Ich höre die Welten singen,
wenn er mein Haupt durchweht —
doch ach, ich hab keine Geige,
ich bin nur ein armer Poet.

*

Venus Aschthoreth.

Du jagtest durch den Saal auf leichten Knien
und warfst das Haar mit fordernder Geberde,
du wolltest mich zu dir hinunter ziehn,
mich saugen, wie den Tropfen trockne Erde.

In beines stumpfen Tänzers Arme sankst
du weit rücküber und, nach mir gedreht,
verschlangst du mich mit jedem Blick und trankst
mein fliegend Herzblut, Venus Aschthoreth!

*

Meine Freude.

Ich bin doch wohl kein Richter,
nichts denn Dichter.
Denn wenn ich so die großen Ströme höre,
erhabner Geister Schaffens-Wogenchöre,
was frag ich da noch, was sie rauschen!
Ich stehe zitternd, ganz gebannt von Lauschen,
und fühle nichts als: Mensch! und breite schweigend
die Arme, Lebens Urkraft fromm mich neigend.

*

An die Messias-Süchtigen.

Messias, komm! gieb endlich Licht!
laß endlich unsre Sehnsucht landen!
So jammert ihr — und habt noch nicht
den ersten großen Mann verstanden.

*

Ersehnte Verwandlung.

Jedes Großen Sehnsucht ist,
allem Volk auf Erden
— wie sich sehnte Jesus Christ —
Brot und Wein zu werden.

*

Mitmenschen.

Das sind die mitleidlosen Steine,
die Tag und Nacht dein Ich zerreiben;
willst du dein ganzer Eigner bleiben,
so flieh die liebende Gemeine.

*

Und bricht einmal dein volles Herz
und spricht von einer Überwindung: —
„Oh!" ruft des Nächsten kleiner Schmerz,
„bei Gott, ich kenne die Empfindung!"

*

Daß er so wenig weiß und kann,
das ist es, was den Edlen schmerzt,
indes der eitle Dutzendmann
zu jedem Urteil sich beherzt.

*

Die russische Truhe.

Ich hab eine russische Truhe,
bemalt mit Blumen sonderbar,
in diese Truhe thue
ich meine Werke Jahr um Jahr.

Ich liebe die fremde Truhe,
mit dem, was meine Kraft ihr gab.
Sie mag einst meine Ruhe
teilen im grünen Grab.

*

Vorfrühling.

Vorfrühling seufzt in weiter Nacht,
daß mir das Herze brechen will;
die Lande ruhn so menschenstill,
nur ich bin aufgewacht.

Oh horch, nun bricht des Eises Wall
auf allen Strömen, allen Seen;
mir ist, ich müßte mit vergehn
und, Woge, wieder auferstehn
zu neuem Klippenfall.

Die Lande ruhn so menschenstill;
nur hier und dort ist wer erwacht,
und seine Seele weint und lacht,
wie es der Tauwind will.

Thalatta!

Es stürzen der Jugend
Altäre zusammen,
die heiligen Bilder
zerfallen zu Staub,
des Tempelhaines
Opferflammen
zerflattern,
der Winde Raub.

Das Meer wirft grüßend seine Schäume
bis hart vor meine Füße hin —.
Ja, du bist mehr als alle Träume!
Das Beil an die geweihten Bäume!
Daß ich ein Schiff mit Segeln zäume!
Auf, Seele, — Sucherin!

Zum II. Satz (Andante con moto)
von Beethovens Appassionata.

Oh siehe die Lande, sie liegen so stille
und freun sich der sternigen Kühle entgegen,
es rastet der Sonne gewaltiger Wille,
und leiser wird alles Bewegen und Regen.

Es baut sich die Nacht auf unzähligen Säulen
des Lichtes empor über schlafenden Fluren,
und langsam veratmen ihr Jauchzen und Heulen
die träumenden Seelen der Kreaturen.

*

Eine junge Witwe singt vor sich hin.

Sitze nun so allein,
traurig in Schwarz gehüllt,
gehe fort, komme heim, —
immer sein Bild!

Ach, und das Leben rings
lacht mich so lockend an,
aber des Schmetterlings
Flügel sind lahm.

Wenn ich in'n Spiegel schau —:
Lippen so rot, so rot —
Seide so tot, so tot —:
Einsame Frau . . .

Draußen so Lenz und Licht,
drinnen so thränengrau, —
saß es und saß es nicht —:
Einsame Frau . . .

Mir kommt ein altes Bergmannslied zu Sinn.

Mir kommt ein altes Bergmannslied
zu Sinn,
das mahnt mich an die Zeit, da ich
verliebt gewesen bin,
zum erstenmal
mit aller Lust und Qual,
davon ich spät erst, spät
genesen bin.

Wie drängt ein ganzer Jugendtraum
empor,
sing ich das alte Bergmannslied
mir selber leise vor.
Es glänzt ein Saal
im nachtgestirnten Thal,
die Dorfkapelle spielt
die Weise vor.

Und dann der Tanz den Saal hinauf,
hinab.
Ach, was ich mich in Wunsch und Wahn
damals vermessen hab!
O süße Qual,
der ich mein Herz empfahl,
und die ich noch nicht ganz
vergessen hab.

*

Du dunkler Frühlingsgarten...

Du dunkler Frühlingsgarten,
durch den ich wandre jede Nacht,
all deine Knospen warten
auf ihre junge Pracht.

Wie liegst du schwarz und schweigend nun
und doch so sonnenbang und -toll!
Schon geht der Mond, im See zu ruhr',
bald ist die Stunde voll.

*

Inhalt.

	Seite
Vorbemerkung	9
Wie ward ich oft	11
Jünglings Absage	13
Caritas, caritatum caritas	14
O — raison d'esclave	15
Gebt mir ein Roß	16
Frühling	17
Das Königskind	18
Leise Lieder	19
Frohsinn und Jubel	20
Was rufst du	21
Nun hast auch du	22
Winternacht	23
Ein Wunsch	24
Als ich einen Lampenschirm mit künstlichen Rosen zum Geschenk erhielt	25
Entwickelungs-Schmerzen	26
Schicksalsspruch	28
Frage ohne Antwort	29
Wohin?	30
Inmitten der großen Stadt	31
Am Meer	32
Vaterländische Ode	33
Der einsame Christus	34
Der Blick	35
Der Wissende	36
Das Auge Gottes	37
Stimmungen vor Werken Michelangelos (I, II)	38
Der Abend	38
Der Sklave	41
Frühlingsregen	42
Abend am See	43
So möcht ich sterben	44

	Seite
Schicksale der Liebe (I, II)	45
Ich stand, ein Berg	45
Wir sind zwei Rosen	46
Casta regina!	47
Prometheus	49
Hymnus des Hasses	50
Wenn du nur wolltest!	51
Der Spieler	52
Im Eilzug	53
An Friedrich Nietzsche	54
Odi profanum	55
An Sirmio	56
Auf der piazza Benacense	57
Fliegendes Blatt	59
Übermut	60
Bahn frei	61
Per exemplum	63
Ἀσβεστος γελως	65
Botschaft des Kaisers Julian an sein Volk	67
Auf mich selber	69
Übern Schreibtisch	70
Vor alle meine Gedichte	71
Wir Lyriker	72
Püblesse oblige	72
Einigen Kritikern	72
Kriegerspruch	73
Herbst (I—III)	74
Hörst du die Bäume	74
Ihr Götter der Frühe	75
Der graue Herbst	76
Ein fünfzehnter Oktober (I—IV)	77
Urplötzlich	78
Was wollt ihr doch	79
Wahrt euer Mitleid für euch	80
Und da ich nun so frei	81
Und so hebe dich denn	82
Die Kinder des Glücks	83
Gefühl	85
Bei einer Sonate Beethovens	86
Vor die vier Sätze einer Symphonie	87
Kinderliebe	88
„Aber die Dichter lügen zu viel" (I, II)	89
Der Dichter muß	89
Habe Lust an der Wirklichkeit	89
Glück	90
Nacht-Rausch	91
Praeludium	92
Wo bist du	93
Gleich einer versunkenen Melodie	94
Gesellschaft (I, II)	95
Aus der Gesellschaft Lärm	95
Jene schmerzlichen Stimmungen!	96
Lieder!	97
Ewige Frühlingsbotschaft	98
An Mutter Erde	99

Seite

Ein Sommerabend (I—VI) 100
    Feierabend 101
    Volkslied 102
    Geheime Verabredung 103
    Erntelied 104
    Der Abend 105
    Nachtwächterspruch 106
O Friede! 107
Erben-Wünsche 108
Eins und alles 109
Ob sie mir je Erfüllung wird 111
Künstler-Ideal 112
An meine Seele 113
Mondstimmung 115
An die Wolken 116
Vor Strindbergs „Inferno" 117
Ne quid nimis! 119
Quos ego! 121
Natura abundans 123
Du trüber Tag 124
Konzert am Meer, eine Erinnerung an Sylt . . . 125
Der freie Geist 126
Nur wer 127
Die Luft ward rein 127
Aus Religion 127
In trutz nur 128
Morgenstimmung 129
Weiße Tauben 130
Allein im Gebirg 131
Abendpromenade 132
Görlitzer Brief 133
An die Moral-Liberalen 134
An N. 134
An * * 135
An denselben 136
Lebenslust 137
Stille Gewißheit 138
Mensch Enkel 139
Abendläuten 140
Ob zittre mir nicht so 141
Lebens-Sprüche (I—III) 142
    Mag noch so viel 142
    Wozu das ewige 142
    In allem pulsieren 142
Was mir soviel vom Tage stiehlt 143
Wohl kreist verdunkelt oft der Ball 144
Singende Flammen 145
Moor 146
Nächtliche Bahnfahrt im Winter 147
Dunkle Gäste 149
Begegnung 150
Dunst 151
Ohne Geige 152
Venus Aschtoreth 153
Reine Freude 154

	Seite
An die Messias-Süchtigen	155
Ersehnte Verwandlung	155
Mitmenschen (I—III)	156
Das sind ...	156
Und bricht einmal ...	156
Daß er so wenig weiß	156
Die russische Truhe	157
Vorfrühling	158
Thalatta!	159
Zum II. Satz (A. o. m.) von Beethovens Appassionata	160
Eine junge Witwe singt vor sich hin	161
Mir kommt ein altes Bergmannslied zu Sinn	162
Du dunkler Frühlingsgarten	163